Ye

1304

L'OYSEAV DE RIVIERE,

OV LE TOVRNOY NAVAL.

DEDIE' AVX MARINIERS.

A PARIS,

Chez PIERRE VARIQVET, ruë sainct Iacques,
à l'Enseigne du Gril, prés S. Benoist.

M. DC. XLIX.

LECTEVRS,

VOvs deuez fçauoir, qu'au retour de cette action He-
roïque, ie iette à croix pille auec vn Peintre de mes amis,
à qui reprefenteroit ce fpectacle, ou luy auec fon pinceau, ou
moy auec ma plume : parce que

—————————— pictoribus, atque poëtis,
Quidlibet audendi femper fuit æqua poteftas.

En fuite que ce fuft fur moy, que tomba le fort : C'eft pourquoy ie conferué curieufement les idées, que i'auois receuës
à voir cette joufte fameufe ; & les rendis fenfibles fur ce papier
le plus fidelement que ie peus ; & que depuis, pour quelques
affaires, qui ne font pas de fi grande importance que celles de
cet Eftat, ou de l'Empire du Sultan, ou du Sophy, l'impreffion
de cette piece a efté differée ; neantmoins ie vous l'offre à prefent fur le tard, comme du Bon-Chreftien d'Hyuer, & du fruit
de l'arriere faifon : Elle pourra feruir aux vns de Memoires, aux
autres de Relation Extraordinaire, aux autres d'Hiftoire, aux
autres de ce qu'il leur plaira : Et comme la Pompe que ie dé-
cris, ne fe void point au temps du froid, & de la neige, où nous
allons entrer, à caufe que la Riuiere, les Acteurs, & les Spe-
ctateur feroient gelez, & comme les promenoirs ne feront
plus deformais de faifon, & qu'il n'y aura point de Manteau
plus commode que le Manteau de la Cheminée, vous pourez
lire au coin du feu, ce qui fe paffa au milieu de l'eau. Adieu.

AV GENEROSISSIME

ET

ROBVSTISSIME CORPS

DES

MARINIERS,

SALVT, HONNEVR,

& Dilection.

MESSIEVRS,

*I'attendois touſiours que quel-
qu'vn plus habile homme que moy, cueilliſt des
Lauriers au Parnaſſe pour couronner la Teſte
de voſtre Generoſißime & Robuſtißime Corps,
& ie n'oſois à la chaude vous apporter le pre-*

sent, que l'ingratitude du Siecle me contraint de vous faire, de peur de me precipiter, & de vous offrir quelque chose qui ne fust pas encore en maturité : Ie sçauois bien que l'ardeur de quantité de doctes auoit empesché que la Castalie ne gelast tout l'Hyuer, & qu'elle en auoit arrousé les palmes des grands hommes, pendant les plus violentes disgraces de la saison & du siecle ; c'est pourquoy ie m'assurois que les vôtres ne secheroient point, & que le soin de quelque sçauante main les entretiendroit dans leur verdeur & dans leur beauté : & alors ie me fusse réjouy de voir quelque bon ouurier mettre sur la Teste de la Vaillance, la guirlande que ma pauureté & mon peu d'industrie ne m'auroient pas permis de faire. Mais sçachant que vos merites ne faisoient point d'Echo sur le Parnasse, que le Pont Neuf estoit muet pour eux, & que le Cheual de Bronze n'en auoit mesme rien apris de ces Rossignols d'Arcadie, qui chantent plus de trois mois par an, & qui, l'Hyuer aussi bien que l'Esté, tiennent tous les passans par l'oreille : C'est alors que ie me suis

declaré

declaré contre l'ingratitude du temps, que i'ay
bien fait du bruit au païs d'Hyppocrenne, que
i'ay chanté poüille à Apollon, & que i'ay dit
des iniures à toutes les Muses; d'où vient que
si vous voyez quelque chose qui ne soit pas si
coulant, dans ce que ie vous offre; c'est que i'ay
tiré ces paresseuses par les cheueux, en quoy i'ay
verifié ce dictum,

Facit indignatio versum.

Pardonnez-moy, MESSIEVRS, si ce mot
m'est échappé, qui est pour vous autant Alle-
man, que Latin; ie sçay que vous estes trop
bons Parisiens pour écouter ces Langues étran-
geres, qui font souuent de mauuais François.
Et pour entrer d'assaut dans vos proüesses, (car
les Muses m'ont fait de grandes excuses, & se
font accusées en vous loüant) l'Enuie mesme,
qui ne regarde le bon droict que de trauers, n'ad-
uoüera-t'elle pas qu'Huon de Bordeaux, Pierre de Prouence sont desarçonnez à l'aspect de
vos Exploits, dignes de Iean de Paris, pour
passer sous silence les douze Pairs de France,
&c. Ce dernier Hyuer, où il sembloit que tout

euſt coniuré contre nous, & que le Septentrion
fuſt tombé ſur noſtre climat, voſtre zele ne
ſurmonta-t-il pas l'orage, & ne fit-il pas teſte
aux plus rigoureux Aquilons? On auoit autant de peine à picquer le courage des autres,
qu'à mettre vn honeſte frein à voſtre fierté ge-
nereuſe. Mais tréve de complimēter la guerre,
puiſque la Paix a vaincu: A preſent que nous
ne dormirons plus qu'a l'ombre des Myrtes, &
ſur les Roſes; & que vous, MESSIEVRS, ne
repoſerez plus que ſous les Treilles, ne voulez
vous pas bien que vos Lauriers, dont i'ay dit
vn mot, ne ſerueut plus qu'à faire triompher
vn Iambon; & que vos Palmes, dont i'ay fait
mention deux lignes apres, ne ſeruent plus qu'à
eſtre portées le iour des Rameaux? C'eſt à dire
en langue vulgaire, ne voulez-vous pas bien
que ie parle des Exercices dont vous auez ho-
noré la Paix? Ouy certes, c'eſt bien la raiſon,
& c'eſt ce que mes vers vous vont dire tout au
long. Voſtre adreſſe, & voſtre dexterité a autant paru dans cette ſaiſon de tranquillité &
de ioye, que voſtre force dans celle de troubles

& de larmes; ce fuſt vous qui aſſiſtâtes au leuer du Roy ſur noſtre horizon, & qui viſtes les premiers rayons que ce bel Aſtre ietioit à ſon retour; voſtre grand Corps y preceda celuy de toute la Ville. Ne pouuez vous pas dire, que vous auez pû faire ſortir le Roy & toute la Cour hors de Paris, ie dis dans cette pacifique & ioyeuſe ſortie, où voſtre Oyſon l'emporta par deſſus l'Aigle des Romains. Ce fuſt là qu'auec moins de depenſe, & moins d'ambition vous fiſtes la figue aux Naumachies dont parle Suetone, quand il décrit les geſtes d'Auguſte, de Claude, & de Domitian: Vous auiez l'honneur d'auoir pour ſpectateur noſtre grand Monarque, dont la ieuneſſe eſt plus glorieuſe & plus Illuſtre que toutes les vies des douze Ceſars: Et puis Madame la Seine ne vaut-elle pas bien Monſieur le Tybre? & Meſſieurs nos Bourgeois ne valent-ils pas bien les Quirites? Vraiment cette ſolemnité meritoit vne Extraordinaire; pour moy ie ne ſçay pas à quoy ſongeoit la Gazette, il falloit qu'elle euſt bien des nouuelles à debiter: Et puis qu'on fait ſçauoir à Paris iuſqu'aux moindres galëteries de

Rome; pourquoy Paris ne faiſoit-il pas ſçauoir à
Rome vne choſe qui eût fait creuer tous ces vieux
Amphitheatres, & toutes ces maieſtueuſes ma-
ſures, où Meſſieurs les Empereurs, auec tout leur
luxe & leur vanité, n'ont iamais veu tirer l'Oyſon? Il me ſemble que i'entends quelque enuieux,
qui me dit que toutes mes douces paroles, ne ten-
dent qu'à briguer vos bonnes graces, & que tout
ce que ie dis, n'eſt qu'vne intrigue: car on ſçait,
que vous partagez toute la faueur des Grands,
auec le Corps feminin de vos Conſœurs Meſda-
mes de la Halle & du Marché Neuf, que Dieu
abſolue, dont chacune eſt vne Déeſſe Putho, toute
ſucrée dans l'art de bien dire, & de maudire.
Mais, MESSIEVRS, ie vous iure par le Port
au Foin, & par le Marché Neuf; iuron à moy
plus venerable que celuy qui ſe faiſoit par le Styx,
& par tous les myſteres, & la tres-diſerte Societé
du Parnaſſe, quoy que ie n'y ſois encore que No-
uice: Ie iure, diſie, que ie n'ay des yeux que pour
contempler voſtre vertu, des mains que pour la
couronner; qu'au reſte ie marche ſur tout ce qu'il
y a d'humain, & de fragile dans le Treſor de la
Fortune,

& que ie la mets sur sa propre rouë, comme une criminelle qu'elle est : bref, s'il faut ainsi dire, que ie ne suis Poëte, que parce que vous estes braues gens : Au demeurant, mettant entre vos mains ce fruit de mes conceptions, encore tout verd, quoy qu'il y ait de la pluye de Septembre, ie ne croy pas que mes Etudes aillent à vau-l'eau; car vous sçauez bien comme quoy l'on se gouuerne sur la Riuiere. Auant que de commencer mes Vers, ie finiray ma Prose par des vœux, que ie fais pour le bien & pour la prosperité de vostre Generosißime & Robustißime Corps, qu'il plaise au bon Dieu luy faire la grace, qu'il n'ait iamais aucun mal de teste, ny vertigo ; que son cerueau soit tousiours bien plein, & bien temperé, que ses mains ne luy demangent iamais, qu'il n'y ait iamais de pestes parmy tous ses membres, & ce pour la santé de l'Estat, qu'il n'ait iamais la conscience cauterisée ; enfin que toutes ses parties soient nobles, saines, & moderées. Ainsi soit-il.

C

S'ENSVIVENT LES NOMS

des Tenans & Assaillans au Tournoy Naual, tirez du Roman de la Marine.

ROLAND de la Greve.

RENAVT du Port sainct Bernard.

RODOMONT du Port au Foin.

ASTOLFE de l'Escole.

MANDRICART du Port Malacquais.

HVON de la Tournelle.

FERRAGV du Guichet.

ROGER de la Grenoüillere.

RODRIGVE du Terrain.

GRIFON du Pont Rouge.

QVICHOT du Fauxbourg S. Marceau.

POLEXANDRE de l'Isle.

SACRIPENT de la Tour de Nesle.

ORONDATE du Pré aux Clercs.

ALMANSOR de l'Isle-Louuiers.

MAVGIS des Gobelins.

GANELON du Mail.

DARDINEL de la Pallée.

NORANDIN de l'Arche.

TANCREDE de la Riue.

L'OYSEAV DE RIVIERE
ou le Tournoy Naual.

I.

GRAND, Illuſtre, & Robuſte Corps,
Hommes Marins, Tritons d'eau douce,
Dont la Seine en ſon lict de mouſſe,
Craint les retentiſſans accords :
Petits Dieux de cette Riuiere,
Grands Roſſeurs de ſon onde fiere,
Allant à mont, ou deſcendant,
Et dont, pour fendre ſon derriere,
Chaque croc vaut bien vn Trident.

II.

Cheualiers des flottans Tournois,
Bande aquatique, Hoſtes de l'Onde,
De qui la maiſon vagabonde,
Nage auec des aiſles de bois :
Souffrez qu'vn Mignon d'Hyppocrenne,
Meſle cette ſainte Fonteine,
Où l'on peſche tous les Rebus,
Auecque l'eau de voſtre Seine,
Afin de vous parler Phebus.

III.

Ie ſçay que le caquet bon-bec
De Madame la Renommée,
Per tout, vôtre gloire a ſemée,
De ſon preconiſant rebec :
Mais, comme ſans la Cornemuſe,
Qu'anime Madame la Muſe,
Vôtre honneur mourroit dans vn mois,
Il ne faut pas qu'elle refuſe,
Sa Cornemuſe, & mon Hautbois.

IV.

Dailleurs, comme quelque ialous,
Du los, qu'à vous donner i'aſpire,
Diroit, que ie veux m'introduire,
Dédiant cet écrit à vous :
Mes Vers ne ſont point mercenaires ;
Quoy qu'auec vos ſœurs Harangeres
Vous ayez en Cour la faueur ;
Ces viandes par trop legeres,
A mon gouſt, n'ont point de faueur.

V.

Vos vertus, & vos nobles faits,
Rempliſſent ſeuls ma conſcience,
Qui voit qu'en vous giſt la ſcience,
Et de la guerre, & de la Paix :
Vôtre grand courage aux batailles,
Fit-il pas tant de funerailles,
Quand ſes vaſtes coups il rua,
Qu'il fut l'Hector de nos murailles,
De nos Tours le Gargantua?

VI.

Ie reprends quaſi mon eſtoc,
Quand ie reguinde mes penſées,
Au faiſte des choſes paſſées,
Iuſques à ce Bachique choc :
Où nos Soldats, malgré la rage
Du froid, qui tenoit le paſſage,
Dans les plaines de Iuuiſi,
N'eſtant battus que de l'orage,
Triompherent en cramoiſi.

VII.

Ce fut là que nos Caualiers,
Tres-habiles gens en manége ;
Pour fondre la glace, & la neige,
S'erigerent en Sommeliers :
Le zele vineux qui les guinde,
Les tranſportant de brinde en brinde,
Sans leur donner aucun repos,
Leur promet tous les Poulets d'Inde.
Sous l'Enſeigne du Dieu des Pots.

VIII.

Là les plus morfondus Pietons,
Faiſoient mille & mille gambades ;
Et d'vne trogne de menades
Caprioloient en Hannetons :
Là, pour faire enrager Bellonne,
Qui iuroit comme vne Felonne,
Nos Satyres, ou nos Guerriers,
Vouloient auoir vne Couronne,
De Pampre, & non pas de Lauriers.

IX.

LOVIS luit fur nôtre Horifon ;
Les Canons ont la gueule morte :
Nous ne franchirons plus la porte,
Que pour aller tirer l'Oyfon :
Témoin cette belle fortie,
Qui fe fift auec modeftie,
Quand Paris fortit hors de foy,
Pour fe mettre de la partie,
Dont il voyoit eftre fon Roy.

X.

Faifons-en vn plaifant crayon,
Pourueu que de cette lumiere,
Dont mon Roy brûloit la Riuiere,
Il me donne vn ioyeux rayon :
Vous verrez vne Naumachie,
De fon attirail enrichie,
Que font ces flottans efcadrons,
Et la grande Seine fléchie,
Sous les coups de leurs Auirons.

XI.

Loin de Paris, prés de Nigeon,
Eft vn endroit où l'eau bricolle ;
Là le fleuue qui caracolle,
Eft propre à faire le plongeon :
L'Amphitheatre on y fabrique,
Non de iafpe, ou de marbre antique ;
L'Aire, & le Parterre font d'eau ;
La chauffée y fert de Portique,
Et l'air de tranfparant Rideau.

XII.

Aux riues de chaque coſté,
On vit s'éleuer teſte à teſte,
Deux mas, dont le ſublime faiſte,
Aux yeux du Soleil fut pointé ;
Sur eux on fit tendre le cable,
Qui, d'vn des coſtez ſur le ſable,
Rendoit au tour de ſon Moulin :
L'on voit vne choſe ſemblable
Chez le grand ſauteur Cardelin.

XIII.

L'Oyſon, ce ſanglant Electeur,
Pend au cable, ce lieu de gloire,
(Eſtroit Theatre de victoire)
Et fait vn Roy d'vn fier luteur :
Ce cable eſt la Scene branlante,
Sur qui la meute violente
Des concurrents ſemble voler,
Et dont l'aſpect nous repreſente
Vne choſe au milieu de l'air.

XIV.

De ſon Cor Madame Renom,
Qu'on nomme quelquefois ſansqueuë,
Galoppant toute la banlieuë,
Publia les ieux à haut ſon :
Sçachant cette bonne nouuelle,
Chaillot auec Paſſi ſautelle :
Vaugirard, en nauets vanté,
A cette feſte ſolemnelle
Enuoya plus d'vn Deputé.

XV.

La Seine porte fur fon dos,
Pour voir courre la Mommerie,
Vne vogante Galerie,
Qui fait ioüer flots auec flots;
Mille Gondoles de Venife,
Sous qui la Riuiere fe frife,
Semblent par diuers mouuements,
(Tant on y voit de gaillardife)
Danfer au fon des Inftruments.

XVI.

Maint Patron, & maint Iouuenceau,
Mainte femme, & mainte Pucelle,
Occupoient l'Ifle *Macquerelle*,
Qui n'eft pas loin du *Bord* de l'*Eau*:
Le Galand fait icy la foulle;
Entre les Donzelles fe roulle;
Fait de l'Ifle la place aux veaux;
I'ay bien peur que la terre y croulle,
Et qu'on faffe des *Baftardeaux*.

XVII.

Raillerie à part: le defert
Qu'on voyoit dans cette Ifle verte,
Auoit la face fi couuerte,
Qu'alors on l'eut bien pris fans vert:
Dame Nature, ce me femble,
Et la belle faifon enfemble,
Ont trauaillé cet échaffaut,
Sur qui, fi la terre ne tremble,
On ne peut craindre le deffaut.

Belle

XVIII.

Belle Isle, sejour de renom,
Bosse verte du Dieu de Seine,
Colline, où l'Amour se promeine,
Va, quitte ton infame nom,
Eminence de la Riuiere,
Sous qui son eau n'est iamais fiere;
Que Paris, iusqu'aux Temps derniers,
T'appelle l'Isle *Mariniere*,
Du nom de nos Grands Mariniers.

XIX.

De plus quelques Balcons volans,
Pendoient aux murs de la chaussée;
Et sur mainte perche dressée,
N'étoient que des châteaux branlans:
On n'y grimpoit point sans Echelles,
Et trop souuent, à faute d'aisles,
On faisoit de beaux entrechats:
Les gens n'y sembloient qu'hirondelles,
En nids de bouë & de crachats.

XX.

Conceuez comme vn camp volant
De mouches, de freslons, de guespes,
Semblable à de noirs & longs crespes,
Entre ses dents va grommelant;
Et comme d'vn épais nuage,
Il assiege vn ample fromage,
Qui caché dessous semble noir;
Telle estoit l'Isle & le Riuage,
Que la foulle empeschoit de voir.

XXI.

Phebus à noftre Grand LOVIS
Ofta fon chappeau de lumiere,
Et retira fes yeux arriere,
Que mon Prince auoit ébloüis:
Le iour de ce grand Diademe,
Par qui s'allume le iour méme,
Fût prefqu'étint à fon afpect,
Et fon œil à la Polipheme,
Cligna de honte ou de refpect.

XXII.

Le Soleil cacha la lueur,
De fes traits dorez, qui nous percent,
Et qui, picquant au vif, ne verfent,
Hors de nos corps que la fueur :
Il amaffa force nuage;
D'azur & de blanc fut l'ouurage,
Bien ferme, quoy qu'humide & mol;
Et de ce reluifant ombrage,
Il vous fift vn beau paraffol.

XXIII.

Mufe prenons vn doigt de vin,
Enfin nous ferions pulmoniques:
Voicy nos Heros magnifiques,
Dignes d'vn Chantre tout diuin:
Ie vous faluë, ô braues Hommes;
Honneur du païs où nous fommes,
Ou pluftoft de tous les humains;
Ce n'eft pas pour gauler des pommes,
Que ces perches font dans vos mains.

XXIV.

Les Trompettes d'vn haut éclat
Sembloient animer tout le monde;
Et réjoüiſſant l'air & l'onde,
A nos Heros crioyent, *Viuat:*
Les Hauts-bois d'vne vilanelle,
Leurs ſonnerent vn boute-ſelle,
Qui dit, Leuez-vous ſur vos piez;
Gardez ſi bien voſtre vaiſſelle,
Qu'à faux iamais vous ne frappiez.

XXV.

Mars, ce Capitan, deteſtoit,
Voyant des barques & des armes,
Qui ne verſoient ny ſang, ny larmes,
Et que ſans playe on ſe battoit:
Les Iouſteurs ſur le Camp liquide,
Pouſſoient d'vn mouuement rapide,
Au lieu de Cheual, vn Batteau;
Le choc n'y fut point homicide,
Et rien n'y coula que de l'eau.

XXVI.

Ie voy ces fameux Champions,
Qui quelque iour dedans l'Hiſtoire,
Feront litiere de la gloire,
Des Renauts, & des Scipions:
Si de beaux noms ie les baptiſe,
Le Roman de leur vaillantiſe,
Plus que la Caſſandre au Palais,
Croiſtroit-il pas la chalandiſe,
Des Courbez, & des Rocolets?

XXVII.

Ie voy venir l'vn des premiers,
Dont l'honneur en relief s'éleue;
C'eſt le bon ROLAND de la Greue,
La fleur de tous les Mariniers:
Apres luy, par la pleine molle,
RENAVT du Port ſainct Bernard vole;
Et ces deux grands au rouge groin,
ASTOLFE du Port de l'Eſcole,
Et RODOMONT du Port au Foin.

XXVIII.

Ce dernier eſt vn maupiteux,
Qui nazarderoit vn Hercule,
Il ne redoute Arreſt, ny Bulle,
Tant il eſt fougueux, & quinteux:
En ſuitte HVON de la Tournelle,
Fait gambades ſur ſa Nacelle:
Et MANDRICART de Malaquais,
De qui la boüillante ceruelle,
Ne craint ny Sergent, ny Laquais.

XXIX.

Item FERRAGV du Guichet,
Homme ſujet à ſa colere;
Et ROGER de la Grenoüillere,
Font en voguant maint ricochet:
RODRIGVE du Terrein s'auance;
GRIFON du Pont Rouge, & ſa lance,
Figurent vn cueilleur de nois;
Mais certes à l'honneur de la France,
Il gaula plus d'vn Polonois.

QVICHOT

XXX.

QVICHOT du Fauxbourg sainct Marceau,
Homme d'Estat, vient à la file,
Et puis POLEXANDRE de l'Ifle,
Pennade en fon flottant Chafteau :
SACRIPENT de la Tour de Nefle,
Va iurant plus dru que la grefle;
ORONDATE du Pré-aux-Clers,
Deuant qui tout obftacle eft frefle,
Court plus vifte que les éclairs.

XXXI.

ALMANSOR de Louuiers les fuit,
Auec moulinets de parade,
Faifant de fa longue Eftocade,
Peu de befogne, & bien du bruit :
MAVGIS des Gobelins forcenne;
Il connoift la Bievre, & la Seine;
Pour fa Lance il brandit vn mas,
Il en menace vne douzaine,
Et morgue les plus fierabras.

XXXII.

Le Roide GANELON du Mail,
Suit DARDINEL de la Paflée,
Dont l'haleine feche & bruflée,
Sent le Vin, le Tabac, & l'Ail :
Puis NORANDIN de l'Arche arriue,
Auec TANCREDE de la riue;
Et plufieurs autres de renom,
Que d'honneur à prefent ie priue,
Faute d'auoir trouué leur nom.

XXXIII.

Quatre volontaires Forças,
Pouſſoient leurs Barques peinturées,
Leurs ſecouſſes reïterées,
Font vn chemin à tour de bras;
L'Onde qui tout autour ſe roüe,
Auec l'écume qui ſe ioüe,
Et qui petille aux enuirons;
Semble rire, & faire la moüe
Aux moteurs de leurs auirons.

XXXIV.

Apres tous ces nobles Coureurs,
Voicy la glorieuſe Barque,
Qui doit éleuer le Monarque,
Entre tous ces Maiſtres Tireurs:
Ie ne croy pas que l'Onde dorme,
Aux coups de la gaye Chiorme,
Dont ce Brigantin eſt bordé,
Sur qui branſle la plateforme,
D'où l'Oyſon eſt eſcaladé.

XXXV.

Au ſommet le gaillard drappeau,
Ioüe aux barres auec Zephire,
Et badinant ſur le Nauire,
Fait vn Pannache à ſon Chaſteau:
Cent Lances, qui font de l'ombrage,
Sont comme vn bois taillis, qui nage,
Au milieu des Ondes planté;
Qui pour ſon aſſiette volage,
Pourroit eſtre dit Bois floté.

XXXVI.

Ce Foncet estoit decoré,
Plus qu'vn Theatre, où des Machines,
Et de teintures les plus fines
Par ondes estoit coloré:
C'est pourquoy sur sa face pure,
La Seine en fit vne peinture,
Comme en vn Miroir, sans pinceau:
Les couleurs de cette figure,
Fut l'ombre qui brilla dans l'eau.

XXXVII.

Les Nymphes d'vn lieu reculé,
Comme des Taupes, l'eau creuerent;
Quitterent quenoüille, & fermerent
Leur maison de verre à la Clé:
Elles vinrent voir la machine,
Certain taffetas de la Chine,
Plus changeant que col de Pigeons,
Couuroit leur prestance diuine:
Et leur coiffure estoit de ions.

XXXVIII.

Le Dieu de Seine se paroit,
D'vn Collier où mainte coquille,
Dans vne tissure gentille,
Lord le S. Michel figuroit:
Aucun du peuple n'eust la grace,
De voir comme la teste basse,
Ce Dieu fit honneur à mon Roy:
Et mes Lunettes de Parnasse
Ne le découurirent qu'à moy.

XXXIX.

Nos Braues faisant cependant,
Trois, ou quatre salues Tragiques,
Lardent l'Oison à coups de Piques,
Auant que d'y mettre la dent:
Tost apres la charge on entonne;
Le long Riuage, qui bourdonne,
Fait le tacet à ces Clairons:
Et la gaye Echo, qui resonne,
Anime iusqu'aux Auirons.

X L.

Dans l'espoir de reduire au sac,
L'effort de son Antagoniste;
Des Braues dont i'ay fait la Liste,
Chacun tient bon sur son Tillac:
A voir leur posture si fiere,
Ils n'auoient pas beu de la Biere,
Chose dont ie iurerois bien:
Car cette potion amere,
Ne donne pas si beau maintien.

X L I.

Leur Haubert leger, & mouuant,
A leur Nef peut seruir de voile:
Leurs membres sont armez de toille,
Comme sont les moulins à vent:
Chacun se menace de Berne;
Mais ie sçay comme on se gouuerne
Chez la gent qui vit du Batteau;
La Paix se fait à la Tauerne,
De la guerre qu'on fait sur l'eau.

Le grand

XLII.

Le grand R O L A N D est déja prest,
D'ouurir la liquide carriere ;
Il fait écumer la Riuiere ;
Déja sa Lance est à l'arrest ;
D'ailleurs R E N A V T teste baissée,
A la Perruque herissée ;
Campé comme vn Gladiateur,
D'vne course au choc élancée,
Fait risposte à ce fier Acteur.

XLIII.

Ainsi que deux Taureaux faschez,
Leur zagaye s'est rencontrée ;
Si la pointe eust esté ferrée,
Ils estoient tous deux embrochez :
Leur bois, & leurs costes plierent :
Tout court les Ondes s'arresterent,
A l'aspect de ces Escrimeurs ;
Et les deux Basteaux reculerent,
Malgré tout l'effort des rameurs.

XLIV.

Le Peuple rangé sur les bords,
Ouure les yeux au lieu de rire ;
Et ne se peût tenir de dire ;
La Peste, qu'ils ont les reims forts :
Ce pendant R O D O M O N T se peine,
De brosser par l'humide plaine ;
Et d'vn longissime Baston,
Au bon A S T O L F E dans la Seine,
Fait faire le saut de Breton.

XLV.

De Ioufteur deuenu Poiffon,
Si par dépit il bat le fleuue,
C'eft qu'il eft le premier, qu'on treuue,
Auoir moüillé fon Calleçon:
Auec luy fa Lance eft pefchée,
Qui fembloit faire la fafchée,
Et vouloit aller à vau-leau:
Le pauuret d'vne Ame touchée,
Eft tout eftourdy du Batteau.

XLVI.

Le Diaphragme à ce coup là,
Se fentit gratter l'Affemblée;
Et d'vne falue redoublée,
Fit de fes mains vn grand Clacla:
MANDRICART planté fur la pouppe,
De fa bondiffante Chaloupe,
Et plus roidy que fon long-bois,
Les Zephirs, & les Ondes couppe,
Et fe demange en fon Harnois.

XLVII.

HVON le regardant venir,
Plus vifte qu'vn traict d'Arbalefte,
Pour faire vie à la tempefte,
Fait frime de la fouftenir:
Mais d'vne gentille gliffade,
Il receut de biais l'eftocade,
Que fon Emule luy porta:
Et dans cette fauffe tirade
MANDRICART fe precipita.

XLVIII.

Ainſi pour eſtre trop boüillant,
Il vint rafraiſchir ſa chemiſe,
Et par vn trop de vaillantiſe,
Fut répandu l'homme vaillant:
Helas ! c'eſtoit bien grand dommage,
Il eſtoit vn grand perſonnage;
De meſme Vliſſe le finet,
Fit que par ſon propre courage,
Maiſtre Aiax fut ſanglé tout net.

XLIX.

MANDRICART pour ce malheur là,
Ne nagea qu'en l'onde de Seine:
Mais Aiax dans la Stygienne,
Sans en renager, deuala,
(En paſſant cette parabole,)
Mais FERRAGV dans ſa Gondole,
Tous ſes rameurs fait enrager,
Et ne promet pas poire molle,
A ſon Competiteur ROGER.

L.

ROGER d'ailleurs laſſe les bras,
De ceux qui pouſſent ſa Nacelle;
Eſperant de la bailler belle,
A FERRAGV ce fierabras:
L'vn ne ſe mocqua pas de l'autre,
Leur verte rencontre les veautre,
Dans le Royaumé des goujons;
Et iettant les Lances au peautre,
Leur fait faire deux beaux plongeons.

LI.

Et si dans ce pas hazardeux,
Aucun ne gagna la victoire,
Pour auoir tous deux esté boire,
Ils se consolerent tous deux:
Ils nagent mieux que leur Nacelle,
Sans Callebasses sous l'aisselle:
Leur bras, auiron naturel,
Qui fut trop, & trop peu fidelle,
Fend l'onde, & retourne au duel.

LII.

D'vne fougue de Capitan,
QVICHOT sous soy fait trembler l'onde;
Sa mine rogue, & furibonde,
Seroit eau beniste à Sathan.
Le grand POLEXANDRE se braque,
Dessus sa petite Carraque,
Pour receuoir mon Caualier:
Et son long-bois, qu'au poing il saque,
Se darde plus fort qu'vn bellier.

LIII.

Au grand choc de ce Fortunal,
QVICHOT plus fier que trois Doms Diegues,
Ne s'esquiua pas nettes gregues;
Il les laua dans le Canal:
Sa valeur fût bien étourdie,
De souffrir cette tragedie,
Et, debusqué de son Chasteau,
Son ardeur, au moins attiedie,
Ne tasche plus qu'à vaincre l'eau.

Le fen-

LIV.

Le fendant & roide GRIFON,
Vole dans la lice ondoyante,
Sa trogne reuesche, & morguantē,
A quelques traits du grand Typhon:
RODRIGVE fait dans sa fregatte,
Vne flottante caualcate;
L'onde en murmure à gros boüillons:
L'vn & l'autre petit Pyrate,
Se heurtent comme tourbillons.

LV.

Les lances au choc forcené,
Imitent deux fronts de Licorne:
RODRIGVE reçoit vn escorne,
Le pauure homme est desarçonné;
Il assoma demy-douzaine
Des gens, qui guident sa carrenne,
Sur eux il trebucha de biais,
Et dans sa nef, non dans la Seine,
Fit vn saut de Gille le Niais.

LVI.

ORONDATE à coup d'esperons
Broche, & vient à bride abbatuë;
C'est à dire, qu'il s'euertuë
De bien donner aux auirons :
Il ne demande que castille;
Plus asseuré que la Bastille
Il montre, qu'il est chaut lancier:
Sa Perche où mainte couleur brille,
Vient roide, comme de l'acier.

LVII.

SACRIPENT, qu'on croyoit voler,
Fait tant le fier, & le brauache,
Qu'il luy semble que sa patache
Couppe lentement l'onde, & l'air :
Du heurt, que ces braues donnerent,
En arc leurs gaules se courberent,
SACRIPENT fut si bien atteint,
Que les grands bras qui le choquerent,
L'enléuerent comm' vn corps saint.

LVIII.

ALMANSOR de l'Isle Louuiers
Fait voile en tres-bonne posture,
MAVGIS a le corps en mesure,
A l'arrest sont leurs grands leuiers :
Mais ALMANSOR, quoy qu'il essaye,
Ne s'en reuint pas sauue braye,
Il fit deux pas à reculons ;
Et feru de l'Archizagaye,
Au Soleil monstra les talons.

LIX.

GANELON cueille des Lauriers
Dans la plaine d'vne riuiere ;
A DARDINEL dans la cariere,
Il fit perdre les estriers :
D'vne botte, quoy que non franche,
DARDINEL eust quasi reuanche ;
Son bois obliquement venu,
Au bon GANELON dans la hanche,
Mit mon Caualier à cû nû.

LX.

TANCREDE, & le grand NORANDIN,
Opposez comme deux machines,
Voguent à basses iauelines,
Leurs barques passeroient vn dain:
Mais vne gaillarde fortune,
Compose vne ligne commune,
En ioignant deux extremitez,
Et des deux lances n'en fit qu'vne,
De bouts l'vn sur l'autre portez.

LXI.

Aussi bien que les Argoulets,
A ce coup les armes ioufterent,
Leurs Maistres elles relancerent
Dans ce jeu plus que Freres-Lais:
Tous deux donnent du nez dans l'onde,
Lachesis, Dame furibonde,
Semble les enterrer dans l'eau;
Mais reuenant bien tost au monde,
Ils percent ce flottant Tombeau.

LXII.

En fin les voila tous meslez
Dans vn agreable desordre,
On en veut decoudre, on veut mordre;
Et les plus roides sont sanglez:
En fin toute lance est fatale:
Chacun trousse son homme en malle,
Les mouillez font tomber les secs,
Et cette guerre iouialle
Est vn nouueau ieu des eschecs.

LXIII.

RODOMONT d'vn mafle heurtis
Fait faire plus d'vne culbute,
De tant de Pions, qu'il debute,
Fort merueilleux eft l'abbatis:
En fomme vne chienne de lance,
Luy vient cogner deffus la pance
Si perpendiculairement,
Que fon deftin ioüe à la chance,
Et luy fait changer d'élement.

LXIV.

Le bon ASTOLFE reuanché,
Fit cette plaifante merueille;
RODOMONT receut la pareille,
Tant en ioüe il fut bien couché:
Auec luy deffus l'onde flotte,
Sa terrible & rouge calotte,
L'Enfeigne de fes nobles coups,
Et qui, comme vne Bourguignotte,
Le fit remarquer entre tous.

LXV.

ROLAND, MAVGIS, GRYFON, RENAVD,
ORONDATE, HVON, POLEXANDRE,
Auec GANELON firent Flandre,
Et fçeurent qu'il y faifoit chaud:
Vne rifpofte bien actiue,
Qui mit leur linge à la leffiue,
Les paffa maiftre du métier;
Et la chance vindicatiue
Ne leur donna point de quartier.

LXVI.

LXVI.

Mais c'eſt trop ioüer du long-bois,
Il faut ioüer de la maſchoire:
Mariniers, la ſeconde gloire,
Vous demande d'autres exploits:
Bel Oyſon, bel Oyſeau tres-digne,
Pour chanter ta mort d'eſtre vn Cygne,
Ta mort vn nouueau Roy fera,
Sous qui, l'honneur le plus inſigne,
Du ROY-BOIT ſe rabaiſſera.

LXVII.

Ton ſort n'eſt point à regretter,
Tu meurs au milieu des batailles:
A tes ioyeuſes funerailles
Il plaiſt à LOVIS d'aſſiſter:
Captif aiſlé, danſeur de corde,
Qu'il faut que pour regner on morde:
Voy, celebre pandu d'Eté,
Tes bourreaux ſans miſericorde,
Dont ta fin eſt la Royauté.

LXVIII.

Le Martial ſon des clairons
Fend l'air d'vne inuiſible voye;
Et l'eau ſemble ſauter de ioye
Sous le branſle des Auirons:
La Muſique nous fit entendre,
Vn chant pour qui l'ame eſt bien tendre;
Car comme l'Oyſon n'eſtoit pas,
Ou du Cayſtre, ou du Meandre,
Les Haut-bois chantoient ſon trépas.

I

LXIX.

Voicy cet Admiral Batteau,
Où nos Heros aux ames fieres,
Aux tranchantes dents maschelieres,
Flottent sur le branlant chateau :
Brigade, d'honneur échauffée,
A qui de plumes vn trophée,
Tient lieu de l'Antique Toison ;
Ie suis vain d'estre vn Sieur Orphée,
A qui sera le Sieur Iason

LXX.

Lors FERRAGV qui se guinda,
A l'Oyson donne l'escalade :
Vous diriez que cet Encelade
En veut à l'Oyson de Leda :
Tout son appetit se debande,
Il a la bouche aussi gourmande,
Qu'vn assiegé qui meurt de faim :
Et pour fripper cette viande,
Il ne veut ny paste, ny pain.

LXXI.

Son ratelier est affilé,
Et sa machoire est bien ferrée :
De tout il sçait faire curée,
Autant du frais que du salé ;
Mais il ne fit pas chere entiere,
De cette indigeste matiere :
Le tour lasché du Cabestan,
Au fond de l'humide carriere,
Vous relance mon Capitan.

LXXII.

Roland, Qvichot, Hvon, Renavt,
Sont prests de fondre sur la proye,
Au contenu d'vne pauure Oye,
Deux cens dens vont donner l'assaut ;
Leur brusque, & plaisante furie,
Se iette sur sa fripperie,
Et dans de si sanglants trauaux ,
L'Oye est pis qu'à la boucherie ;
On la tire à quatre cheuaux.

LXXIII.

L'vn deuient de l'autre enuieux :
Et concurrents, & camarades ,
Ils se donnent mille ruades,
Et se mangent le blanc des yeux :
Renavt, homme à l'humeur sanguine
A Qvichot dessus la poictrine,
Donna si beau *Mea Culpa* ,
Que iamais coup de Coulevrine ,
Plus fort gabions ne frappa.

LXXIV.

Pendant que mon Barbet dans l'eau,
Cul par sus reste on precipite ;
Les trois autres de chair non cuite,
Taschent d'auoir quelque morceau,
Plus que leurs dens la beste est dure ;
Et la plus perçante morsure :
Y treuue vn solide rempart,
Certes pour nerf, & pour iointure ,
Elle auoit du fil de Richart.

LXXV.

Lors le moteur du Moulinet,
Las de voir branler la machoire,
Et de voir tant manger sans boire,
Les lasche dans l'onde tout net :
Leur soif s'eschaufe dauantage,
Dans ce froid, & fade bruuage ;
On les y precipite en vain :
Mais ils aymeroient le naufrage,
Si la Riuiere estoit de vin.

LXXVI.

L'Oyson rendit à ces premiers,
Sa iacquette de plume grise,
Et pour cette legere prise
Il eut bon marché des Limiers :
Les Trompettes cornent requeste.
Aussi tost de pieds & de teste
RODOMONT, ROGER, SACRIPENT,
Autour de cette pauure beste,
Font de trois corps comme vn Serpent.

LXXVII.

Leurs grands museaux sont tous rougis :
L'Oyson n'est plus que d'écarlate :
Alors de la grande fregate,
Suruiennent TANCREDE, & MAVGIS ;
Leur honorable faim se ruë
Tant qu'elle peut, sur la chair cruë,
De ce Monarchique festin ;
Mais vne escarmouche bouruë,
Se fait de mâtin à mâtin.

L'on

LXXVIII.

L'on void vn gay carimara ;
De pieds, de mains, chacun s'attrappe,
Il veulent tous mordre à la grappe,
Et se battent à qui l'aura :
La corde est le champ de bataille;
D'où se debusque la canaille :
Le combat est aërien ;
Et cependant qu'elle chamaille,
On luy dit qu'elle ne tient rien.

LXXIX.

Le cable à secousses lasché,
Croulle sa pesante voiture :
L'vn cheut, comme vne poire meure ;
(Et c'est autant de déniché)
Et l'autre que son poids accable,
Depuis le talon iusqu'au rable,
Entre quatre vents estendu,
Et tenant d'vne main le cable,
Represente au vif vn pendu.

LXXX.

RODOMONT le plus acharné,
Tient bon sur la capilotade :
La corde, de mainte cassade,
Ne peut seurer cet obstiné :
Sa dent estoit si bien anchrée,
Dans cette sanglante curée;
On ne le pouuoit démarer ;
Et de la grand Oye éuentrée,
La petite Oye il sçeut tirer.

LXXXI.

Le pauure MAVGIS & ROGER,
Que le defefpoir & le cable,
Plongerent dans l'eau iufqu'au fable,
Auoient déja beu fans manger :
RODOMONT plus dur qu'vne roche,
Repouffe tout ce qui l'approche :
Ie croy, que le liquide Dieu,
Sur le nez luy donna taloche,
Pour luy faire quitter le lieu.

LXXXII.

DARDINEL, RODRIGVE, ALMANSOR,
Fort bons à la petite guerre,
Bien armez de bec & de ferre,
Sur le gibbier prennent l'effor :
A peine leur gentil courage,
Sur la viande faifoit rage,
Que la corde les reclama,
Et ce chaud defir de carnage.
Dans le fleuue fe reprima.

LXXXIII.

NORANDIN, GRIFON, GANELON,
POLEXANDRE, ASTOLFE, ORONDATE,
Quittent l'Admirale Fregate,
Auec MANDRICART le felon :
L'Oyfon, tout mort qu'il eft, en tremble ;
Leur mafchoire aux rafoirs reffemble :
Leur griffe fçait tout immoler :
Ils font chiens & chaffeurs enfemble,
Et leur chaffe fe fait en l'air.

LXXXIV.

Sur l'Oyſon les voila lancez,
L'vn ſur ſon compagnon ſe veautre:
L'vn ſe pend aux iambes de l'autre,
Les bras aux bras ſont enlacez:
Par leurs poſtures excentriques,
Par leurs corps droits, courbez, obliques,
Ce tres artiſte embraſſement,
Qu'on void dans la Salle aux ANTIQVES,
Eſt figuré naïuement.

LXXXV.

Le cable chargé les abat,
Comme le vent gaule les pommes:
Il ſemble qu'il pleuue des hommes,
De rire on fait vn beau ſabat:
Les plus affamez ſe tourmentent,
Se caſſent le nez, & s'edentent,
L'Oyſon eſt Arracheurs de dents:
Pluſieurs à ſoupper ſe repentent,
D'auoir tant fait là les fendants.

LXXXVI.

Ils ſont tous mis en deſarroy:
Et la dureté de la beſte,
A leurs aſſauts fit ſi bien teſte,
Que pas-vn ne pût eſtre Roy:
L'Oyſon rendit ſes chaſſeurs buſes;
Car ne pouuant faire de ruſes,
Et voyant leurs becs de Gerfaut,
Il crut voir autant de Meduſes,
Et fut endurcy comme il faut.

LXXXVII.

Las de tirer & retirer,
Enfin ils tirerent leurs guestres,
Et furent ainsi passez Maistres ;
Chose bien dure à digerer :
Au souper ils s'en reuancherent ;
Et plus heureusement tirerent,
Cent Poulets d'Inde qu'vn Oyson :
Et tant de muids, qu'ils defoncerent,
Du fleuue leur firent raison.

LXXXVIII.

Voila tout, dont il me souuient ;
Voila tout, si ie ne me trompe :
Ainsi se passe toute pompe :
Le Roy s'en va, la nuit suruient,
Le Soleil fut boire dans l'onde ;
Ainsi ne fit pas tout le monde :
Les plus fins allerent au vin :
C'est l'Hyppocrenne où ie me fonde,
Et le fondement est diuin.

ANACTOFILE.

ndont

ndit que

Gautier-Pett

omons ou que Je donne

Prévôt de Beaullieu

Pierre de Beaullieu demes

Ordonnateur Et Lieutenant

www.ingramcontent.com/pod-product-compliance
Ingram Content Group UK Ltd.
Pitfield, Milton Keynes, MK11 3LW, UK
UKHW020036080726
13614UKWH00004B/1792